EL VAIXELL
DE VAPOR

Em venc la mare

Care Santos

Il·lustracions
de Mercedes Marro

cruïlla

llegircruilla.cat

Primera edició: març de 2010
Quarta edició: juliol de 2017

Gerència editorial: Gabriel Brandariz
Coordinació editorial: Dolors Ortiz Perpinyà
Coordinació gràfica: Marta Mesa

Títol original: *Se vende mamá*
Publicat per Ediciones SM, Madrid

Nàpols, 249 - 08013 Barcelona
editorial@cruilla.cat

ISBN: 978-84-661-3974-8
DL: B-18374-2015
Imprès a la UE / *Printed in EU*

Per a l'Adrià,
l'Èlia i l'Àlex,
la meva inspiració diària

Si vols triomfar com a publicista no diguis mai la veritat

La veritat és que sense la Nora no ho hauria aconseguit. La Nora és la millor amb l'ordinador. I la més llesta. Però és la meva amiga per moltes raons, no només per aquesta.

Era dissabte a la tarda. Jo havia anat a casa seva. Com de costum, no hi havia ningú. La Nora va fer el berenar (galetes amb crema de cacau, suc de taronja, ossets de pega dolça i festucs) i després va engegar l'aparell i va ensenyar-me la pàgina de la qual m'havia parlat.

–Endavant, fes-ho! –va animar-me, assenyalant la pantalla amb la mà–. O necessites que t'ajudi?

Li vaig dir que no, però em vaig precipitar. Durant una bona estona vaig mirar d'escriure aquelles frases. Escrivia tres paraules, n'esborrava dues i em quedava parat mirant la que havia deixat, sense saber què fer-ne.

Mai no havia pensat que escriure un anunci tan senzill fos tan complicat. Però hi havia tants requisits que havia de complir que al final em vaig bloquejar.

–Recorda que ha de ser clar, directe, senzill, atractiu i de veritat, però sense passar-te –em repetia la Nora, l'experta, a qui tot allò l'hi havia explicat alguna de les nòvies del seu pare, que comprava de tot en aquella pàgina, des de mascotes o pantalons de color taronja fins als serveis d'un advocat o d'un pintor.

Amb tanta pressió no hi havia manera d'avançar. Llavors la Nora va dir:

–Au, deixa'm. Ets més lent que un caragol lesionat. –I va seure a la meva cadira, davant de l'ordinador.

La meva amiga no s'ho va rumiar gens ni mica. Va arrufar el nas, molt concentrada, va agafar el ratolí, va esborrar tot el que jo havia escrit (que, la veritat, no era gran cosa) i va proposar:

–Diguem-ho d'una manera que cridi l'atenció. Aquest és el secret de la publicitat, ho sabies?

A la pantalla, una ratlleta esperava, tot fent pampallugues, que ens decidíssim a fer alguna cosa.

–Primer de tot cal emplenar això –va dir la Nora, assenyalant un punt de la pàgina d'internet que havíem obert–: aquí on diu «descripció del producte», què vols que hi posem?

Un altre cop van venir-me els dubtes.

El meu pare sempre diu que les meves neurones tenen tendència a col·lapsar-se quan han de prendre decisions. Té raó. Quan he de triar alguna cosa (fins i tot alguna cosa senzilla com ara si m'estimo més iogurt o flam), començo a pensar i a pensar, i em bloquejo. Com els telèfons mòbils quan escrius tres vegades una clau d'accés equivocada. La pantalla del meu cervell també es queda en blanc.

–A tu què et sembla que hauríem de dir? –vaig preguntar a la Nora–. Potser valdria més deixar-ho així.

–De cap manera! Com penses vendre-la si no expliques com és? O tu compraries alguna cosa sense saber què fa o per a què serveix?

–No, suposo que no...

–Evidentment que no!

De vegades, la seguretat de la Nora em fa una mica de por. D'altres, em fa sentir protegit. La meva mare sempre diu que tothom té el seu caràcter i que ningú no ha d'avergonyir-se de ser com és.

Si fóssim un fenomen atmosfèric, jo seria un dia de primavera d'aquells que no fa ni gaire fred ni gaire calor, que no hi ha gaires núvols però tampoc no llueix un sol esplèndid.

La Nora, en canvi, seria un d'aquells dies d'agost que fa una calor que et mors. O potser una tempesta de tardor amb pedregada, llamps, trons i vent. Ella és d'aquelles que es fan notar. Parla en un to de veu fort i segur, sempre es posa en embolics, és la capitana de l'equip d'handbol, la delegada de la classe i la directora del grup de teatre. Jo, en canvi, m'estimo més no haver d'aixecar-me de la meva cadira ni per anar al bany i el que més m'agrada és estar-me a la darrera filera de la classe per tal de no cridar l'atenció.

–Ets un fleuma! –em va retreure–. Està bé; mentre t'ho penses, aniré emplenant les teves dades. A veure... Nom, Òscar Franc Colom. Edat, nou anys.

–Gairebé deu –vaig corregir.

–Molt bé, poso nou i mig.

–Posa deu.

–D'acord –va rondinar, com si li fes ràbia que jo em fes gran abans que ella–. Deu. Ja està. Encara penses?

–Sí –vaig fer, tímid.

–Ja veig que ho hauré de fer jo –va dir mirant al sostre, resignada.

La Nora actuava més o menys com sempre:

res no la feia dubtar, ni les coses més complicades. Els seus dits es movien per les lletres del teclat a corre-cuita, mentre el text de l'anunci començava a prendre forma. Jo anava llegint al mateix ritme que ella escrivia i em meravellava que sabés tan bé el que havia de dir:

El teu anunci:

Què vens?	Em venc la mare.
Com és?	Té trenta-vuit anys, els cabells de color marró fosc. No és gaire alta (però baixeta tampoc), té els ulls de color de mel, és força maca. Els canelons li surten molt bons. També sap fer pizza de quatre formatges i creps de sobrassada. Li agrada anar als parcs d'atraccions. És molt afectuosa i té la veu agradable. Sap un munt de contes. Renya poc.

Vaig assenyalar l'última frase i vaig dir:

–Això no és veritat.

Ella va somriure, com per justificar-se, i va respondre:

–Són estratègies de màrqueting. No hi ha cap venedor que digui tota la veritat.

–I això de les creps de sobrassada, creus que ho hem de posar?

–És clar que sí! Són boníssimes! Hi haurà un munt de gent que s'animarà a contestar-te només per tastar les creps de sobrassada, n'estic segura.

Em va deixar descol·locat, sense saber què dir-li. Aquest és un dels efectes secundaris més empipadors de tots els que sol provocar-me la companyia de la Nora.

Va agafar el ratolí i va verificar que no ens oblidéssim de res.

–Aquí diu si acceptaries una permuta –va dir.

Jo la vaig mirar tot estranyat, perquè no sabia què significava aquella paraula tan estranya.

–Què?

–Vol dir que no només vols diners, que també estaries disposat a acceptar coses a canvi.

–Coses? Quina mena de coses?

–Què sé jo! Coses. El que et donin. Ja ens ho trobarem més endavant, no? Jo hi posaria que sí.

–Està bé, doncs posa que sí.

La Nora va marcar una casella.

–Vols afegir res més? –va preguntar.

Vaig arronsar-me d'espatlles.

–Com que dius que les coses dolentes no es poden explicar... –vaig murmurar.

–Doncs és evident que no. Per aconseguir clients, només has de dir les coses bones. Les dolentes, ja les sabran al seu moment, quan ja no puguin fer-se enrere.

Tot allò del màrqueting em va semblar una mica estrany. Per a mi hauria estat més fàcil redactar un anunci amb tota la veritat. Per exemple:

El teu anunci:

Què vens? Em venc la mare.

Com és? Seminova, de trenta-vuit anys (però n'aparenta trenta-sis o menys), maca, bona cuinera (tot i que s'entesta a bullir verdura tota l'estona), addicta a la fruita i obsessionada pels llibres (i perquè tothom llegeixi). Darrerament s'ha tornat més malcarada i més endreçada que mai. Ja no vol anar mai al cinema ni a cap altre lloc. I ja no m'estima com abans (em penso).

Però ja me'n faig càrrec, que hauria estat poc pràctic.

–Hem de posar un preu –va dir la Nora.

Un nou problema! I amb aquest no hi havia comptat.

Un altre cop, no en tenia ni idea. I em penso que en aquest cas la culpa no era del meu caràcter. Coneixeu gaires nens de nou anys i mig que sàpiguen quant val la seva mare?

–Posarem un euro més despeses de correu –va decidir la Nora.

–Només un euro?

–És el que fa tothom, mira –va contestar, assenyalant altres anuncis, tots de coses–. Si li interessa a algú ja te n'oferirà més. D'això se'n diu subhasta.

–Ah... Està bé. De totes maneres, jo no ho faig pels diners –vaig dir.

–Perfecte. Doncs ja està!

Els dits de la Nora van començar a córrer per sobre les lletres del teclat. No sé com ho pot fer tan de pressa i no equivocar-se.

Va escriure:

teu anunci:

contacte	Interessats, contacteu amb: talpblau@patum.com. I si ets del barri del Terrabastall, també pots anar a la sortida del CEIP Flors i Violes qualsevol tarda cap a les cinc (per la porta on hi ha els contenidors).

I, com si fos el final perfecte per a aquella escena, el dit índex de la Nora va fer com un salt a càmera lenta, va passar per sobre el teclat i va aterrar, després de baixar amb molta parsimònia, just a sobre del botó gran de la dreta. Allò va fer que l'anunci s'enviés.

A la pantalla de l'ordinador hi va aparèixer un missatge:

Enhorabona!!!

El teu anunci **«Em venc la mare»** s'acaba de publicar a la nostra pàgina **«Vendre i comprar qualsevol cosa, útil o no»**.

Esperem que tinguis molta sort i que et ploguin les ofertes.

No se'm va acudir res per dir, llevat de:

–Gràcies, Nora. Sense tu no ho hauria aconseguit.

Ella va contestar:

–De res. Els amics serveixen per a això, oi? El dia que jo decideixi vendre el meu pare, tu també m'ajudaràs, suposo.

Els remordiments s'assemblen a les pizzes de quatre formatges

El pare de la Nora és el Maties Galí. Sí, sí, el famós Maties Galí, el presentador del concurs estrella de la televisió, *El més burro sempre guanya.* A la meva classe no hi ha ningú que no miri el programa. És fantàstic, sobretot quan el presentador (és a dir, el pare de la Nora), amb aquella cara de mala lluna, fa una passa enrere per deixar que s'obri el terra i el concursant més ximplet doni una empenta al més eixerit, al que ha encertat més preguntes i, de fet, ha guanyat el concurs. És superdivertit veure'ls com cauen en el dipòsit d'oli negre fastigós i després s'aixequen, xops i empastifats, i rellisquen unes quantes vegades abans no aconsegueixen aguantar-se drets i caminar amb penes i treballs fins al botó vermell que fa que el concurs quedi tancat oficialment, amb el burro sa i estalvi. I el Maties Galí mirant a la càmera amb aquella cara de pomes agres, amb una cella amunt i l'altra al seu lloc, mentre ressona la mateixa música emocionant de sempre!

Al matí, abans d'entrar a classe, no es parla d'altra cosa: tothom comenta com va aixecar la cella el Maties Galí el dia abans, o què va dir al pobrissó guanyador abans que caigués a la piscina de porqueria llefiscosa. Sempre diu coses increïbles! Com aquella vegada que va mirar molt seriós el guanyador del concurs i li va clavar:

–Prepari's per penedir-se d'haver estat tants i tants anys el millor estudiant de la seva classe.

Va ser genial! O el cop que va somriure una mica (tots pensem que va ser l'única vegada) i va dir al burro del dia:

–Enhorabona per no haver obert mai de la vida un llibre. Ni tan sols un d'instruccions!

A tothom li cau bé, el pare de la Nora. Tothom voldria ser el seu fill. Al·lucinen

quan el veuen a les revistes, sempre acompanyat d'alguna actriu famosa o d'alguna cantant molt maca. Si fins i tot va sortir amb la Selma Anisakis! Una revista del cor els va fer unes fotografies quan es banyaven en una platja deserta d'una illa perduda (o potser era una platja perduda d'una illa deserta, ara no me'n recordo bé). I no ha estat l'única. Al pare de la Nora, les nòvies mai no li duren més d'un trimestre. De vegades, quan una acaba de marxar i la propera encara no ha arribat, convida la seva filla a acompanyar-lo a algun dels seus viatges, que sempre són a llocs fantàstics. L'any passat la va portar a Nova York, i en plena època d'exàmens! Fins i tot els de l'altre grup li tenien enveja!

Penseu que si a la meva classe votéssim el personatge que ens cau més bé, el pare de la Nora guanyaria per majoria absoluta? Que a tots els meus amics, inclòs jo mateix, els agradaria ser els seus fills? Que no hi ha ningú en tota l'escola que no vulgui una vida com la de la Nora?

Doncs us equivoqueu: hi ha una persona que no vol res de tot això, i és la Nora.

A la Nora no li agrada gens la seva vida, no està d'acord amb les coses que fa el seu pare i mai no el votaria en l'elecció del personatge que ens cau més bé.

Quines coses, oi? Les noies són una mica estranyes, de fet.

La Nora viu prop de casa. Caminant no es triga ni un quart. Aquell dissabte, després de posar l'anunci i d'acomiadar-me d'ella, vaig començar a sentir que els remordiments s'organitzaven dintre meu, com si fossin un exèrcit enemic disposat a atacar el meu optimisme. De bon començament no vaig amoïnar-me gaire. Un dels efectes secundaris que té per a mi separar-me de la meva millor amiga és que al cap de dos segons ja no veig res clar.

Tornant cap a casa vaig començar a pensar quina cara faria la Lola, la meva mestra, si sabés que havia posat en venda la mare per internet. Es trauria les ulleres per poder arrufar millor les celles, com sempre que alguna cosa li sembla molt malament, i començaria a ferme tota mena de preguntes difícils, d'aquelles que no sé contestar perquè em passo l'estona pensant que no sabré contestar-les.

Va ser llavors que vaig adonar-me que els remordiments s'assemblen al formatge fos. Aquell que la mare posa en el meu plat preferit: la pizza de quatre formatges. Al principi sempre sembla poc, però tot d'un plegat comença a fondre's, a escampar-se, a omplir-ho tot, i quan te'l menges t'adones que, si n'hi arriba a haver una mica més, hauries pogut rebentar.

Els meus remordiments, aquell dissabte, mentre caminava cap a casa, també s'anaven escampant de mica en mica i ho anaven omplint tot... I també eren una mica embafadors.

I això que encara no sabia que abans de ficar-me al llit ja hi hauria a la meva safata d'entrada una resposta a l'anunci. Un comprador interessat a tastar les creps de sobrassada.

Llista de coses horroroses (que s'entesta a fer la mare)

1. Estima més el Cigró que a mi. Ella diu «igual», però jo sé que no és veritat. I no és just. Jo ajudo a parar taula, baixo les escombraries, compro el pa i deixo la roba bruta a la cistella que hi ha al costat de la rentadora. Ell no fa mai res de res (mai!).

2. És simpàtica i afectuosa amb els al-tres nens. Amb tots, tant és que vagin a la meva classe, a l'altre grup, que siguin els germans petits o grans dels de la meva classe (o els germans petits o grans dels de l'altre grup), els fills dels veïns, i fins i tot desconeguts, si tenen menys de catorze anys, i sobretot-però-sobretot, amb la Nora. A la Nora sempre li regala llibres i li diu «dolça».

3. Té una fal·lera molt empipadora: fer-me llegir. El problema és que la mare és la mestressa de la llibreria El Llibredril. Per això té la dèria que tothom llegeixi (sobretot, jo). A mi no em sembla normal. El pare és director d'un banc i no es passa tot el dia dientme que s'ha d'estalviar.

4. No em deixa menjar el que m'agrada. Posa pebrot a la pizza! Em compra xiclets i llaminadures només un cop per setmana! Fa cremes de verdures estranyes, com el carabassó o l'api. M'atabala perquè tasti menjars fastigosos (gambes, cloïsses, bastonets de cranc, tàperes...) i mai, mai de la vida, no em deixa repetir postres de xocolata.

5. Limita la meva vocació artística i la meva llibertat domèstica. O el que és el mateix: no vol que pinti amb aquarel·les a casa i no em deixa prendre la llet al sofà.

6. Es passa el dia dient-me que he de ser responsable (és capaç de dir-ho fins a dotze vegades en deu hores). A mi, aquesta paraula (*responsable*) em fa molta malícia, tot i que ara ja sé què vol dir. Quan no ho sabia, encara me'n feia més.

Deixeu-me que us expliqui l'últim punt.

Durant molt temps em vaig pensar que responsable era un ofici, com ara «mestre» o «bomber».

De petit tenia por dels llamàntols, les llagostes i els crancs vius que hi havia al taulell de la peixateria. Em feia por que saltessin en qualsevol moment i se m'enganxessin al nas amb una d'aquelles pinces gegants totes plenes de punxes i bonys. També em feia por el peixater, que tenia una panxassa tan enorme que se l'havia d'aguantar amb un davantal molt tibant (que estava ple de taques). Quan em veia mirant els llamàntols o els crancs, sempre n'agafava un, me l'acostava i deia:

–No passa res. Toca'l!

A mi, aquelles bèsties tan lletges em feien més por que la foscor del passadís i els sorolls misteriosos de les canonades junts.

Un cop vam entrar a la peixateria i vam trobar el peixater lligant les pinces dels llamàntols amb cinta adhesiva.

–Per què ho fa, això? –vaig preguntar a la mare.

–Perquè és responsable –va contestar ella, mentre es mirava amb molt d'interès una pila de seitons.

Aquesta va ser la raó per la qual jo no volia ser responsable. No volia ni pensar a haver de tocar les pinces dels llamàntols! Quina por! Quan vaig saber què era un peixater, vaig començar a comprendre, ni que fos una mica, què havia volgut dir la mare. (De vegades, els nens necessitem un parell d'anys per entendre una cosa, però al capdavall ens en sortim, tot és qüestió que no deixin de fer-nos confiança.)

Bé, el cas és que quan vaig buscar al diccionari què volia dir *responsable* tampoc no em va agradar gens ni mica: «Que ha de respondre dels seus actes o d'alguna cosa.»

Potser hauria estat més divertit tocar punxes de llamàntol.

LA LLISTA de coses horroroses (me'n van sortir sis, però només per falta de temps) la vaig

escriure a la rebotiga d'El Llibredril aquell mateix dissabte, aprofitant que el Cigró dormia i jo el vigilava tot esperant que fos l'hora de tancar. Esperar a la rebotiga que arribi l'hora de tancar és horrible. I més encara quan la teva mare t'acaba de dir que aquesta nit per sopar farà pizza de quatre formatges (el meu plat preferit) i tu comences a notar que els remordiments se t'escampen com si fossin un mar de mozzarella acabada de fondre.

L'OMBRA DEL DUBTE TAMBÉ DEU SER NEGRA

QUANT TEMPS feia que la mare no proposava menjar pizza de quatre formatges per sopar? Una eternitat! Almenys, des d'abans que naixés el Cigró.

Potser ha arribat el moment de dir que el Cigró és el meu germà. Té tres setmanes i dos dies. És lleig, grassonet i pàl·lid. Està tot arrugat, talment com un cigró, per això li vaig posar aquest sobrenom (encara que és un sobrenom secret, que només coneixem la Nora i jo).

La vida del Cigró és d'allò més avorrida: només menja, dorm i fa les seves necessitats.

De vegades obre els ulls i mira al seu voltant. De tant en tant plora. De vegades esternuda i tus. Quan plora, tothom es posa nerviós (vull dir, els adults, és clar). Quan tus o

el Cigró

esternuda, també. A banda d'aquestes coses, no sap fer res més. Si arribo a saber que era tan avorrit, no els hauria donat permís, al pare i la mare, perquè em fabriquessin un germanet.

I el pitjor és que, tot i ser tan avorrit, s'ho sap muntar perquè la mare se l'estimi. De fet, ella passa molt més temps amb el Cigró que amb mi, la qual cosa deu voler dir que l'estima més a ell que a mi. Encara que davant meu dissimula. Fa veure que jo encara li interesso com abans. Em pregunta, per exemple:

–Hola, rei, com estàs? T'ho has passat bé, avui, a ca la Nora?

Estic segur que la mare té un exèrcit d'espies contractats per seguir-me a tot arreu.

Però hi ha una cosa que els espies de la mare no poden controlar: el meu canal de conversa automàtica.

Quan vam arribar a casa aquella nit, aprofitant que era dissabte i no havia d'anar al llit d'hora, vaig seure davant l'ordinador i em vaig connectar una estona a internet. Al canal de conversa em vaig trobar amb la Nora. Feia servir el pseudònim de quan estava empipada: Wildgirl.

Així que em va veure, em va enviar un missatge: «Hola, Talpblau.»

Jo li vaig preguntar el més evident: «Estàs bé?»

No m'havia equivocat.

«No», va escriure, «estic molt enrabiada.»

«Amb mi?»

La Nora sempre m'espanta una mica. Deu ser perquè tot sovint em costa entendre-la.

«No, ximplet. Amb l'Esperanceta. El meu pare no hi és i ella no em dirigeix la paraula des que em vaig menjar el seu tofu.»

L'Esperanceta Trinquis, l'actriu de sèries de televisió, era la xicota del seu pare des de feia un parell de setmanes. Només sortia de casa per comprar menjar vegetarià o per fer cursets estranys (de meditació i coses així).

«Et vas menjar el seu què?», vaig preguntar.

«El seu tofu. És com un formatge, però fet de soja. És japonès i molt saludable.»

«I de què fa gust?»

«De res. És boníssim.»

No em va quedar gens clar si ho havia entès bé, això últim, però vaig passar a una altra cosa.

«Ja has sopat?», vaig escriure.

«No. Em penso que no hi ha res a la nevera.»

«La meva mare està fent una pizza de quatre formatges. Vols venir?»

No vaig esperar que la Nora em contestés: vaig córrer cap a la cuina i vaig dir a la mare que el pare de la Nora estava de viatge, que la meva amiga era a casa amb una actriu de telesèries que no li dirigia la paraula i que a la nevera no hi tenia res, i li vaig demanar si podia convidar-la a sopar.

–És clar, fill. Digue-li que vingui –va fer la mare, al mateix temps que mirava el pare d'una manera molt enigmàtica.

Vaig córrer a llegir la resposta de la meva amiga, que era exactament la que m'havia imaginat:

«Genial! D'aquí a mitja hora soc a casa teva.»

La Nora té una sort immensa. No ha de demanar permís a ningú per fer les coses, perquè el seu pare gairebé mai és a casa i les nòvies del seu pare no en volen saber res. Es pot quedar desperta fins tard, menjar el que vulgui (llaminadures i crispetes i de tot) i sortir sempre que li ve de gust. A més, el seu pare li dona una setmanada quatre vegades més gran que la meva. I té telèfon mòbil. I jo aquí, a l'edat de pedra!

Per fer temps mentre esperava la meva amiga, vaig decidir-me a mirar el correu electrònic. El cor em va fer un bot quan hi vaig trobar un missatge! L'enviava algú anomenat Ombra Negra, i portava per títol «Estic interessat en el teu anunci».

El vaig llegir, nerviós, a corre-cuita:

Anunci: «Em venc la mare»

Resposta

Hola, Talpblau:
He vist el teu anunci. Tinc un telèfon d'últim model (un Pokia 65), un patinet amb motor (de color platejat) i una consola de videojocs de tercera generació. T'ho canvio tot per la teva mare. Si t'interessa, quedem dijous a la Biblioteca dels Bocabadats, davant les pel·lícules d'acció, a dos quarts de sis. Sóc pèl-roig.
Ombra Negra

Aquell sobrenom, la veritat, no em va fer gens ni mica de gràcia.

UN CLIENT REPEL·LENT I UN MUNT DE DUBTES

EL PRIMER DIJOUS de cada mes, la mare s'encarrega d'explicar contes a la Biblioteca dels Bocabadats. Per això ja m'anava bé que l'Ombra Negra m'hagués citat justament allà aquell dia, perquè igualment hi havia d'anar. Era la primera sessió de l'hora del conte de la meva mare des que el Cigró havia nascut, i mentre ella pujava a l'escenari amb el seu gran barret i deixava parats tots els nens que sempre van a escoltar-la, a mi em va tocar cuidar el meu germanet. I sense augment de la setmanada ni res. Quin morro!

Aquella tarda vam arribar una mica abans de l'hora a la que m'havia citat l'Ombra Negra i vaig començar a fer voltes per la secció de pel·lícules, per reconèixer el terreny. Em volia assegurar que sabia prou bé on eren les pel·lis d'acció, per ser en el lloc adequat un cop arribés el moment. La meva mare em va deixar el Cigró ben arraulit dins la seva cigronera (és a dir, al cotxet) i va anar a canviar-se de roba. La vaig mirar durant una bona estona. El Cigró estava en fase de desconnexió. Perfecte, perquè allà hi havia algú que havia de fer negocis molt i molt importants. I on s'és vist un home de negocis tenint cura d'un nadó?

Vaig amagar el cotxet darrere uns arxivadors de revistes i vaig asseure'm davant la zona de pel·lis d'aventures, amb cara de paio valent (bé, només vaig mirar de posar-me molt seriós). Quan la mare es va haver maquillat i es va haver posat el barret d'explicar contes i va pujar a l'escenari per començar la sessió, ja era gairebé l'hora de la meva cita amb l'Ombra Negra. L'escenari quedava al fons del pati, i des d'allà on jo era no es veia gairebé res, però vaig sentir la veu de la meva mare per megafonia que deia, en començar:

–El primer que vull és agrair a tots els que

heu vingut que no us hàgiu oblidat de mi durant aquestes setmanes d'absència. Si feu memòria, la darrera vegada que vaig ser en aquest escenari estava molt grossa i us vaig explicar que havia de tenir un fillet. I si avui puc tornar a ser-hi és perquè tinc un ajudant molt i molt responsable. Per això vull dedicar els contes d'avui a la personeta més especial de la meva vida, tot i que no us puc dir qui és perquè no li agrada gens que digui el seu nom en públic (és molt vergonyós, a més de tot el que us acabo de dir). I si els hi dedico és perquè sense ell, que m'ajuda, no podria explicar-vos contes. De fet, no hauria pogut ni venir. I també perquè la història que avui us explicaré va ser durant molts anys la seva preferida, des que ens la vam inventar junts una tarda que feia molt de fred, quan sortíem de l'escola amb les mans agafades.

La meva mare va mirar-me i em va picar l'ullet. Jo vaig notar una calor que em pujava pel clatell i m'escalfava el cap com si me l'acabessin de posar dins el microones.

Suposo que ningú, en aquella sala plena de gom a gom, tenia ni idea del que la meva mare acabava d'explicar. Menys jo, és clar. Jo ho sabia perfectament: el nen de qui parlava era jo i el conte que vindria tot seguit era *El colom que va perdre la seva millor ploma al pati d'una escola.* I la mare tenia raó: el vam

inventar plegats. Tot i que d'allò feia molt-però-molt de temps. Quan encara necessitava la mare per tornar a casa cada dia.

Però el que més va impressionar-me de tot va ser que parlés de mi com de «la personeta més especial de la meva vida». De sobte vaig començar a trobar-me molt malament. Més o menys com els deu passar als dolents dels contes just abans de trair la princesa més bona i més maca.

En aquell moment, a més, vaig veure un noi pèl-roig que caminava cap a mi. Se'l veia molt segur, anava directe a la zona de pel·lis d'aventures. Em mirava als ulls fixament.

Vaig pensar que només podia ser ell, el meu client, l'Ombra Negra.

M'ho va confirmar tot seguit, quan va aturar-se'm a davant, se'm va apropar a l'orella i va murmurar, amb molt de misteri:

–Hola, Talpblau. Soc l'Ombra Negra. Has portat la teva mare?

Imagineu què hauria fet el llop si just abans de cruspir-se l'àvia ella li hagués dit que era

el llop més bo, intel·ligent i ben plantat de tots els que havia conegut a la seva vida?

Jo em penso que el llop no deu ser tan desagradable com diuen. Més aviat penso que quan van escriure el conte tenia un mal dia.

De manera que vaig dir a l'Ombra Negra tot el contrari del que havia pensat dir-li:

–No sé pas qui és, aquest Talpblau que dius. Qui ets, tu?

En dues paraules: vaig dissimular.

L'Ombra Negra va mirar-me aclucant els ulls, sense creure's ni mitja paraula. Va obrir la boca un parell de vegades, però no va dir res fins al tercer intent, quan va preguntar-me:

–Que et vols fer enrere?

–No sé de què em parles –vaig insistir, cada cop més acalorat.

L'única cosa que en aquell moment tenia clara era que volia tocar el dos d'allà com més aviat millor. I llavors... es va produir un miracle familiar. Per primera vegada, el Cigró es va comportar com si fóssim un equip: va connectar-se de cop i volta i va començar a bramar, tan fort que algunes persones se'l van quedar mirant. Fins i tot l'Ombra Negra va fer un bot.

Aquell fenomen acústic em va donar l'excusa perfecta per marxar.

–Ho sento molt, però el meu germà té gana. Me n'he d'anar –vaig dir, empenyent el cotxet per treure'l de darrere els arxivadors de revistes.

Només notar el moviment, el Cigró va callar. Com el despertador del pare quan li pitges el botó allargat.

Però l'Ombra Negra no volia donar-se per vençut tan fàcilment: va posar-se al meu davant i va tapar-me la sortida. El Cigró (dins del seu cotxet) i jo ens vam quedar atrapats entre l'Ombra Negra i la secció de comèdies romàntiques.

–No m'empasso que no siguis el Talpblau –va dir, aixecant una mica massa el to de veu– i vull saber de què va, tot això, i per què ara et fas enrere.

Com si aquella repetició l'hagués molestat

tant com a mi, el Cigró va començar a plorar una altra vegada, però més fort que abans (el despertador del pare fa el mateix). Va passar de zero a cent en mig segon. Aquest cop, l'Ombra Negra se'l va mirar amb cara d'estar espantat de debò i va fer una passa enrere. Pel que es veia, no tenia gaire experiència en Cigrons i això, la veritat, va ser una sort molt gran. Ho vaig aprofitar per fugir d'allà empenyent el cotxet tan de pressa com vaig poder.

–Ho sento, ens esperen –vaig fer, al mateix temps que l'Ombra Negra i la seva cara de pomes agres havien de fer-me lloc per tal que no els atropelléssim.

Vaig sortir al carrer. Necessitava respirar una mica d'aire, a veure si l'efecte microones del cap em passava d'una vegada. Al Cigró també li va agradar, em penso, perquè va deixar de plorar, va obrir uns ulls com unes taronges i es va mirar el cel blau fosc com si fos un fenomen d'allò més estrany.

Ser un Cigró deu ser una llauna, ben mirat. Fins i tot les coses més normals i corrents,

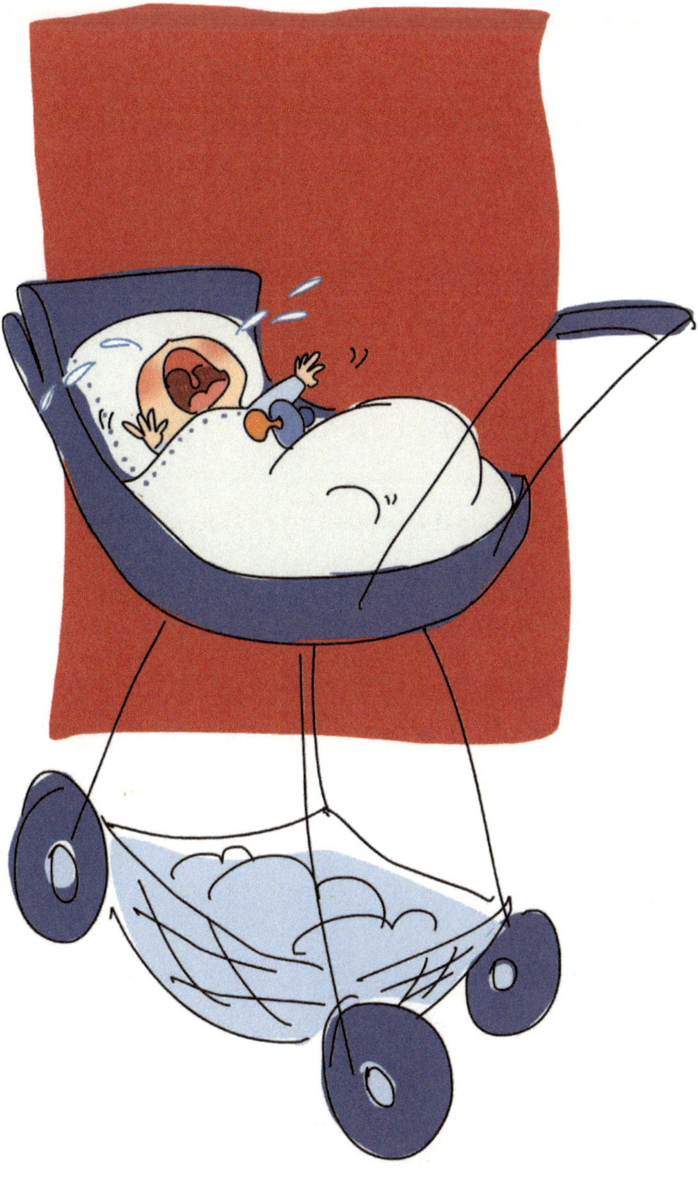

com ara que el cel sigui de vegades clar i de vegades fosc, et semblen una cosa raríssima.

Quan la meva mare va sortir va trobar-me assegut en un banc del parc, mirant com jugaven els altres nens mentre gronxava el cotxet. El Cigró, cansat de mirar un cel sense canvis, havia entrat un altre cop en fase de desconnexió.

–Què hi fas, aquí fora? –va preguntar, enfadada.

–Tenia molta calor –vaig contestar.

Em va renyar per no haver abrigat el Cigró i per haver pres decisions pel meu compte.

–Has d'aprendre a no pensar només en tu, Òscar –va dir la mare, agafant els comandaments de la cigronera.

Uix, de vegades les persones grans demanen coses molt difícils de fer.

La Nora, la pilota i el Cigró robaamigues

–Com va anar? Com va anar? Com va anar? –va preguntar la Nora al matí, només veure'm.

–No vaig poder. Em vaig fer enrere a l'últim moment –vaig explicar, sense atrevir-me a mirar-la als ulls.

–Quèèèè? –va fer, amb cara de catàstrofe intergalàctica–. Però, per què?

–No ho sé... Suposo que de cop i volta no ho vaig veure clar. Vaig començar a pensar les coses i...

–Ja veig que no em puc separar de tu ni cinc minuts. La propera vegada, t'acompanyaré.

Em va semblar una conclusió formidable. En aquell moment va sonar el timbre que anunciava l'inici de les classes i ens vam col·locar a la fila de quart.

–Avui, a l'hora d'informàtica, mirarem el teu correu. Crec que deus tenir algun altre missatge... I aquest cop no deixaré que t'hi repensis!

–I tu com saps que...?

–Ah, és un pressentiment!

Tot plegat em semblava força misteriós, a més d'impossible: teníem completament prohibit entrar a internet des de l'aula d'informàtica.

–Ens castigaran –vaig advertir a la meva amiga, que sempre es veia amb forces per a tot.

–Ja ho faré jo. Serà bufar i fer ampolles, ja ho veuràs.

No hi ha res, per difícil que sigui, que espanti la Nora. Es veu amb cor de fer qualsevol cosa. I tampoc hi ha res, per difícil que sigui, que faci malament. Fins i tot li surten bé les operacions d'alt risc, com la d'aquell dia a l'aula d'informàtica.

Estàvem asseguts força lluny l'un de l'altre. De cop i volta em vaig adonar que la meva amiga em feia senyals amb la mà perquè la mirés.

–De pressa, dona'm la teva contrasenya –va murmurar amb urgència.

La Nora havia aprofitat un moment de distracció del Jesús, el professor, per obrir la pàgina principal del meu correu i, abans que jo li digués que se l'estava jugant, ja havia arribat a la meva safata d'entrada i movia els braços com un molí de vent.

–Tens un missatge nou! Tens un missatge! –deien els seus llavis.

El va apuntar en un paper. Va tancar la finestreta abans que la descobrissin. Va dir que havia d'anar al lavabo i va deixar caure el tros de full quan va passar pel meu costat.

La Nora és la millor.

Al paper vaig llegir:

> Hola, Talpblau:
> No tinc diners ni sé quant costa una mare, però tinc la mà trencada amb les matemàtiques i l'anglès. T'ofereixo fer-te els deures durant tot un curs (els d'anglès també). Si t'interessa, t'espero dilluns a les cinc al costat dels contenidors.
> Baraka

Quina oferta! Un curs sencer sense fer

deures, inclosos els d'anglès, era gairebé un somni. Una d'aquelles coses impossibles de rebutjar.

–I doncs? Què li penses dir? –va preguntar-me la Nora quan va acabar la classe.

–M'ho he de rumiar –vaig dir.

–Perfecte, perquè tens tot el cap de setmana per fer-ho. Ens veurem demà al Llibredril?

Tot un cap de setmana per pensar alguna cosa, en el meu cas, no és gaire temps. Els dissabtes, la meva mare organitza hores del conte a la llibreria. La Nora no se'n perd ni una, és una de les espectadores més fidels.

Aquell dissabte, la mare va explicar el conte de *L'avió que es va enamorar de l'estel que més brillava*, un altre dels que m'agradava més quan era petit. El sé de memòria.

–Deu ser fantàstic que la teva mare sàpiga tants contes –em va dir la Nora una vegada.

No li vaig contestar. De fet, a mi no em sembla res d'extraordinari, sinó una cosa d'allò més normal, que fan totes les mares del món. No va ser fins aquell dia que la Nora em va parlar de la seva mare, que em vaig adonar que hi ha mares al món que fan coses molt estranyes.

La Nora no té mare. Bé, en va tenir una, però un dia se'n va anar de viatge i no va tornar mai més, ni va trucar per telèfon, ni li va escriure des de cap lloc. Com a record, li va deixar una gata siamesa a qui la Nora diu Mare. Una vegada em va explicar que la gata la mira com si entengués què li passa, com si fos l'esperit de la seva mare de debò o alguna cosa semblant.

La veritat, hi ha algunes coses de la Nora que no entenc, però jo no l'hi dic mai perquè no pensi que soc ximple. Això del nom de la seva gata és una d'aquestes coses.

La Nora odia parlar de la seva mare. Mai no ho fa. Amb ningú. El dia que tot d'una me'n va parlar, vaig saber que m'havia convertit en el seu millor amic. I també vaig saber que no li vull fallar mai.

Però deia que la Nora passa moltes hores al Llibredril, els dissabtes. Li encanta ajudar la meva mare a endreçar els llibres, a obrir les caixes que envien els distribuïdors i tancar-se a la rebotiga amb qualsevol llibre nou que acabi d'arribar. De vegades ajuda a embolicar llibres amb paper de regal, o explica a algun client l'argument d'un conte que li ha agradat molt. És una aprenenta de llibretera estupenda, i la meva mare sempre l'hi diu. Això em fa molta ràbia!

A la Nora li agraden tota mena de llibres: els d'aventures, els d'instituts, els de dracs, els de naus espacials, els de noies cursis, els de colles de superherois... I això, és clar, fa que a la meva mare li agradi molt la seva companyia. De vegades les diverteix llegir el mateix llibre per poder-lo comentar després. La Nora diu:

–Aquest final és una mica fluix, n'esperava més.

I la meva mare pregunta:

–I no et sembla que l'escena de la lluita al desert és ben bé igual que aquella altra de...?

El pitjor d'aquestes converses és que es desenvolupen en una mena de llenguatge en clau, com si, de cop i volta, la meva mare i la

Nora es comuniquessin en un idioma marcià. Els que no llegim no tenim dret a assabentar-nos de res del que diuen. De vegades et fan sentir molt malament, sobretot quan diuen coses com ara:

–I no trobes molt fort allò que fa el cavaller a la noia?

Però si els demanes que t'ho aclareixin, et repliquen:

–És molt difícil d'explicar. S'ha de conèixer tota la història.

Aquestes converses tenen un efecte secundari que no suporto. Així que en té l'oportunitat, fins i tot davant la Nora, la mare comenta:

–Ens ho passaríem tan bé si t'agradés llegir ni la meitat del que li agrada a la teva amiga!

Ho diu amb cara de llàstima, perquè em senti culpable. De vegades fins i tot ho aconsegueix una mica. Però només perquè m'agradaria saber el que va fer el cavaller a la noia. De vegades, a mi també m'agradaria parlar la llengua marciana, com fan elles quan estan juntes.

Després hi ha la relació de la Nora amb el Cigró. El primer cop que el va veure, ella li va acariciar una mà. I ell li va agafar el dit amb força i va començar a xarrupar-l'hi. Quin fàstic! De sobte vaig imaginar que el Cigró m'ho feia a mi i em van venir ganes de vomitar.

La Nora, en canvi, va somriure i va demanar a la mare:

–Que el puc agafar?

Vaig mirar d'avisar-la de totes les coses horribles que el meu germà li podia fer, però no vaig tenir temps, perquè la mare va contestar de seguida:

–És clar, Nora, maca. Vine, t'ensenyaré com ho has de fer.

Jo només havia agafat el Cigró a coll una vegada, però just llavors va fer una caca enorme i pudent que va tacar tot el seu pijama i part dels meus pantalons. Va ser una manera tan sincera de saludar-me que em van passar les ganes de repetir l'experiència, com a mínim, fins que ell faci sis anys.

La mare em va clavar una mirada d'aquelles

que volen dir quina-paciència-tinc-amb-tu, i va començar a explicar a la Nora com s'agafa un bebè:

–Mira, li has d'aguantar el caparró així...

La Nora estava tan emocionada que durant una bona estona només va tenir ulls i mans i paraules i de tot per al cigró robaamigues. Després es va girar cap a la meva mare i li va dir:

–M'ha agradat molt l'hora del conte d'avui. Especialment la història del *Jonàs, l'home que va ser engolit per una balena.*

Reconec que la Nora té moltes virtuts. Però de vegades es passa de pilota.

Quan la Nora se'n va, la mare diu coses misterioses. Sempre les diu al pare, com si jo no les pogués sentir. De fet, tant se val si les sento o no, perquè no les entenc. L'únic que capto és el to, que de vegades és d'empipament; de vegades, de tristesa i, gairebé sempre, de totes dues coses alhora. Diu, per exemple:

–Quina vida, pobreta...

Aquell dissabte, la Nora no em va fer cas

fins molt tard, fins que vam arribar a casa i la mare se'n va anar a donar menjar al Cigró, i ella i jo ens vam tancar a la meva habitació per parlar dels nostres negocis.

–Ja t'ho has rumiat? –va preguntar, fent referència a l'anunci.

–He pensat que m'agradava més allò del patinet, el telèfon i la consola. Un any de fer els deures no està malament, però tampoc no és tant.

–Que no està malameeeeeent?! –va preguntar ella, molt esverada–. Però si és genial! Si et passes la vida demanant-me que et faci els deures!

–Ja... Però em penso que no està bé canviar la teva mare per un any de deures. Almenys, un telèfon es pot vendre.

La Nora em va mirar, pensativa.

–Llavors, vols diners?

Vaig arronsar-me d'espatlles.

–S-sí. No estaria malament –vaig dir.

–Ho fas pels diners? –va demanar ella, alçant la veu.

–No! –vaig afanyar-me a dir–. Ho faig perquè estic fart de les coses que fa la meva mare. I també de les que no fa. I perquè hi ha un munt de coses que diu que no suporto. I perquè no és just que estimi més el Cigró que a mi!

Crec que estava fet un embolic.

LLISTA DE LES FRASES MÉS ODIOSES QUE DIU LA MARE

1. «Quants cops t'ho he de dir?» El pitjor d'aquesta pregunta és que mai no espera resposta. La primera vegada que la mare la va fer, vaig quedar-me rumiant, molt preocupat, sense saber quants cops estaria bé, sense passar-se ni quedar-se curt... Vint? Quinze? Al final vaig preguntar: «Disset?» Ho vaig dir seriosament, no entenc per què s'havia de posar d'aquella manera. Aquell dia vaig aprendre una cosa important: que quan els adults pregunten, no sempre volen que els contestis.

2. «Has de fer els deures.» Bufffff... Em penso que no cal que digui res més, oi? Què esperen els genis del món per inventar un robot que faci els deures?

3. **«Són quarts de deu, tothom al llit.»** El que més m'amoïna és que a casa «tothom» només soc jo. Els meus pares es queden mirant la tele i el Cigró mai no surt del seu llitet, així que és una mica complicat que pugui anar-hi.

4. **«D'aquí a deu minuts vull veure totes les joguines endreçades.»** Tinc un dubte: hi ha alguna teoria científica que demostri que en deu minuts és possible endreçar les joguines? Jo encara no ho he aconseguit mai, i això que fa uns quants anys que ho intento.

5. **«Si no et menges la verdura, no creixeràs.»** De vegades la mare es pensa que soc curt de gambals. L'Aniol, de l'altre grup, mai no es menja l'amanida ni les mongetes tendres i en canvi és el més alt de la classe. Les coses verdes per menjar s'haurien de prohibir. El verd és el color més horrorós que existeix. Les amenaces falses dels pares són de color verd, també.

6. **«El teu pare hi era abans.»** I això li dona dret a no menjar mai verdura ni fruita i a tenir la mare per a ell sol durant tanta estona? No és just! I quan els ho dic somriuen, com si l'enveja que jo sento fos alguna cosa divertida de la qual no s'han de preocupar.

7. **«El primer és el primer.»** El pitjor d'aquesta frase és que «el primer» sempre és alguna cosa horrorosa que has de fer tant si t'agrada com si no. I, de debò, no entenc per quina raó les coses horroroses han de ser les primeres.

8. **«Ja ets gran, Òscar, has de ser una mica més responsable.»** Les obligacions que comporta ser gran van canviant amb el temps, però mai no són bones. I pel que fa a la segona part de la frase..., jo em nego a ser responsable! Fins i tot ara que ja sé què és.

9. **«No perquè no.»** Aquesta frase hauria d'estar en el primer lloc, ara que hi penso. En

un examen d'anglès que vaig fer al començament del curs, la primera pregunta era: «Can elephants eat chicken? Why?» I vaig respondre: «No because no.» I la professora va dir que estava malament. No és just.

10. «I s'ha acabat.» Vol dir que la mare es torna sorda. Diguis el que diguis, ella ja no parla més del tema i ni tan sols et fa cas. És com mirar de tenir una conversa amb un radiador.

El pare sempre diu que els homes de negocis de veritat no tenen remordiments. Això de les llistes em ve de la mare. Ella sempre fa llistes de tot, diu que li serveixen per veure les coses clares. Exactament el què a mi em calia.

Vaig començar a fer una llista per deslliurar-me dels meus remordiments. El llop del conte també hauria d'haver-ho fet si de totes maneres pensava menjar-se l'àvia.

Rumiar massa pot fer venir insomni

Doncs així estaven les coses: fetes un embolic.

Aquella nit, el pare tenia ganes d'estar tranquil, la mare tenia mal de cap i el Cigró tenia un mal misteriós anomenat còlic. La mare va decidir que per sopar hi havia llet amb galetes i no em va servir de res dir-li que no em venia de gust la llet i que odio les galetes (especialment aquestes quadrades que quan es remullen semblen caca de periquito).

–Això és el que hi ha –va replicar ella–. I s'ha acabat!

I quan la mare diu «I s'ha acabat!» es bloqueja i no és capaç de continuar parlant. És molt estrany, perquè parlar és el seu entreteniment preferit. Per això s'entén tant amb la Nora.

Parlant de la Nora.

El meu pare era al sofà, amb el seu ordinador portàtil i la tele engegada. Jo em rentava les dents quan el vaig sentir cridar la mare molt esverat:

–Montse, vine, corre!

La mare va anar-hi a corre-cuita demanant si passava res. Van apujar el volum de la tele. No els sentia gaire bé, però em va fer l'efecte que el pare preguntava a la mare:

–Aquest no és el pare de la Nora?

Després van abaixar el to de veu i van començar a parlar fent-se els misteriosos. També van abaixar una mica el volum del televisor. Abans que ho fessin, vaig deixar de rentar-me les dents i vaig parar molta atenció.

Feien un d'aquests programes en què expliquen coses de la vida dels famosos. Parlaven del pare de la Nora i de l'Esperanceta Trinquis. I també de denúncies, jutjats, querelles i paraulotes per l'estil. No entenia res de res.

Quan la mare va entrar a fer-me un petó, em va semblar que estava preocupada. Em va demanar si havia parlat amb la meva amiga aquella nit. Li vaig dir que sí.

–Saps si està sola, avui?

A la Nora no li agradava que digués que estava sola a casa.

–No ho sé, no m'ho ha dit.

–No diguis mentides quan parlem d'això, bonic. Abans m'has fet una pregunta molt estranya. Pensa que no ajudes gens la teva amiga amagant informació. Potser l'estàs perjudicant.

Les persones grans tenen un munt de trucs per treure't el que volen saber. Vaig témer que aquelles paraules en fossin un. La pregunta estranya de la que parlava havia estat:

–Mare, què passaria si la Nora vingués a viure amb nosaltres durant un mes?

Ella havia fet que no amb el cap, molt seriosa:

–La Nora té un pare, Òscar. Nosaltres no ens podem comportar com si fóssim la seva família, per molt amiga teva que sigui.

Resumint: que si les persones no són de la família, són menys importants.

A més, la meva mare pot arribar a ser molt insistent. Em va demanar tres vegades més si la Nora estava sola a casa. Als adults no hi ha qui els entengui, de debò.

–De veritat, mare, no ho sé. No m'ho ha dit –vaig mentir un altre cop.

Ella va deixar anar un esbufec de resignació. Em va tapar fins a les orelles i em va fer un petó al front.

–Fins demà, amor meu. Somia coses maques.

Així que va sortir de l'habitació, em vaig destapar. No suporto tenir el cap sota el cobrellit. No soc una tortuga, jo!

Aquella nit, de tant rumiar no vaig poder dormir fins molt tard. Havia enganyat la mare pel que feia a la Nora, i em sentia molt malament.

Unes hores abans, la meva amiga m'havia telefonat per dir-me que l'Esperanceta havia marxat perquè el seu pare i ella ja no festejaven.

–I tu estàs sola a casa? –havia preguntat jo, mort d'enveja.

–No, amb la Mare. En aquest moment, ronca tota arrepapada sobre el meu cobrellit.

–I què faràs ara? Te'n vas a dormir?

–Que estàs boig? És clar que no! Encara no ho he decidit. Potser em passaré tota la nit connectada a internet.

–I el teu pare?

–És a Miami, enregistrant uns programes de televisió. Té feina fins a finals de mes. M'encarrega la compra per internet i fa que me la portin, i em truca cada nit. Diu que ho té tot controlat.

–I no t'avorreixes?

–A internet? Que no estàs bé del cap?

La veritat era que la Nora em feia una enveja enorme.

ENCARA HI HA UNA COSA PITJOR que anar amb la mare i el Cigró a l'hora del conte de la biblioteca: anar amb ells a cal pediatre. Sempre ens hem d'esperar, en una sala plena de Cigrons i les seves mares (gairebé no hi ha germans), fins que ens toca. Després entrem a la consulta i sempre passa el mateix: la mare despulla el Cigró, ell plora, el metge el pesa, el mesura, li escolta la panxa, li mira les orelles amb un bolígraf que fa llum i de vegades li posa una injecció. Després, la mare vesteix el Cigró i tornem a la llibreria.

Cada vegada que toca pediatre, demano a la mare que em deixi quedar-me a casa, que tinc deures, que em fa mal la panxa o el que sigui, per tal d'estovar-la una mica. Però la seva resposta sempre és la mateixa:

–No. Encara ets massa petit per quedar-te sol.

Les meves protestes no serveixen de res. Li recordo que ja tinc nou anys i mig, que ja sé anar a l'escola tot sol, que sé com funciona tot, que no obriré la porta per molt que truquin, que em passaré tota l'estona fent els deures...

Un dia vaig decidir provar allò tan típic d'als-meus-amics-els-deixen-i-tu-a-mi-no i vaig afegir:

–La Nora sempre es queda sola a casa i no passa res.

La meva mare es va girar cap a mi, tan seriosa que em va fer una mica de por i tot, i va dir:

–T'asseguro que si la Nora fos filla meva, no estaria sempre sola.

Però la Nora no és filla de la meva mare. El seu fill soc jo. Per això no em perdo ni una de les visites del Cigró al pediatre.

No sé per què, però aquella resposta em va animar a rebutjar l'oferta del Baraka. Li vaig escriure un correu electrònic i li vaig dir que res del que m'oferia m'interessava. No vaig voler donar-li massa explicacions, perquè no volia que insistís. En el fons, vaig fer el mateix que la meva mare: «No perquè no.»

De tant en tant apareix el típic despistat que acaba de descobrir que la Nora és filla del Maties Galí. Aquella vegada va ser un noi nou a l'escola:

–El d'*El més burro sempre guanya*? –va preguntar amb aquella cara d'incredulitat que sempre acompanya la pregunta–. De debò? Quina passada!

La Nora va esbufegar. N'estava farta. Amb resignació va contestar:

–Sí, mira...

–Li pots demanar que em signi un autògraf? –va afegir el noi nou.

–No.

La resposta el va deixar una mica descol·locat. Es va quedar un moment en silenci, mirant la meva amiga, com si ho hagués entès malament. I després va dir:

–Quina sort que tens! Ja m'agradaria tenir un pare com ell.

Fins aquí tot havia estat normal. La Nora feia la cara de paciència-amb-avorriment, com altres vegades. El nou no s'ho acabava de creure, com si la Nora li hagués dit que era filla d'un habitant del planeta Júpiter. I jo els mirava tots dos, i em pensava que sabia què passaria ara. Però aquell cop em vaig equivocar.

Aquella vegada va passar una cosa impressionant. De sobte, la Nora va arrufar les celles, va tancar els punys i va alçar la veu:

–Doncs no, no és cap sort! Et regalo el meu pare ara mateix, si el vols! –va dir, cridant i plorant alhora.

Després va marxar corrents al lavabo de les noies i es va tancar al primer que va trobar lliure, donant un cop de porta que es va sentir per tota l'escola.

El nou em va mirar, desconcertat, i només se li va acudir preguntar:

–He dit res de dolent?

Podria haver entrat al lavabo de noies per rescatar la Nora, però em va semblar molt més pràctic demanar al director que telefonés la meva mare.

Va trigar una bona estona, però finalment la mare va aconseguir convèncer la meva amiga que sortís del lavabo i li expliqués què li havia passat. Les vaig esperar al pati, demanant-me tota l'estona on era el Cigró i com redimonis s'ho havia fet la mare per venir sense ell.

Dues mares llunyanes per una de propera

El tercer missatge va ser el més original.

Anunci: «Em venc la mare»

Resposta	Benvolgut Talpblau: Som dues germanes bessones. Tenim una mare i una tieta, també bessones. Te les canviem per la teva mare. Dues pel preu d'una, oi que és una ganga? Nosaltres també anem al CEIP Flors i Violes, però la nostra mare i la nostra tieta encara són a la Xina. T'esperem aquesta tarda a les cinc, davant dels contenidors. Wang i Ling

En tota la tarda no vaig poder-me desempallegar dels nervis. I, per fi, va arribar l'hora d'anar a la cita. Però, quan vaig veure les dues germanes que m'esperaven on m'havien dit, em vaig posar encara més nerviós.

No havia explicat res a la Nora perquè no em podia acompanyar, ja que tenia una d'aquelles cites avorridíssimes amb la psicòloga de l'escola. La tercera en una setmana. Quina llauna...

La Wang i la Ling eren clavades, com dues gotes d'aigua. Eren un any més petites que jo, per això no les havia vistes mai (jo mai no vaig al pati dels més petits).

–Hola, tu deus ser l'Òscar, oi? Has portat fotografies? –van fer, només veure'm.

–Fotografies? De què?

–De la teva mare, és clar –va dir una d'elles (encara que no sé quina, perquè era molt difícil distingir-les; a més, anaven vestides igual).

–La de la pàgina d'anuncis no es veu gaire bé –va afegir l'altra; es referia a la fotografia de la meva mare que va posar la Nora al costat del text que vam penjar a internet.

–No... No n'he portat més. Però us la puc ensenyar en persona, si voleu. La meva mare té una llibreria aquí al costat. El Llibredril, la coneixeu?

Per la cara que van fer vaig entendre que no n'havien sentit parlar mai de la vida.

–És llibretera –va dir la Wang a la Ling.

–Sí –va dir la Ling a la Wang–, una cosa menys a la nostra llista.

–Llista? –vaig preguntar, realment encuriosit–. Quina llista?

–Anem primer a la llibreria i després parlem –van respondre al mateix temps.

A la mare se li va fer estrany veure'm arribar tan acompanyat. Va saludar les meves «amigues» i fins i tot va proposar-me que els ensenyés la llibreria.

Però no era precisament la llibreria el que elles tenien ganes de veure. Durant una bona estona, amb l'excusa que buscaven llibres, les germanes no van deixar de mirar la meva mare. Semblaven dues espies professionals: feien veure que tenien molt d'interès en una novel·la de dracs i unicorns, però de fet no treien els ulls de sobre a la llibretera Montse, que no parava d'anar i venir d'una banda a l'altra. O s'amagaven darrere les prestatgeries

i la miraven fixament durant una bona estona. Ja em començaven a fer posar nerviós quan una d'elles va dir:

–Ja està. Anem al parc d'aquí al costat.

En el mateix moment que vam començar a caminar cap al parc, també vaig començar a penedir-me de no haver explicat res de la meva cita a la Nora. Alguna cosa em feia sospitar que ben aviat la trobaria molt a faltar. I el pitjor de tot era que, quan se n'assabentés, s'empiparia molt amb mi, segur.

Les dues germanes van caminar molt dretes i molt coordinades fins al parc infantil. Era ple de nens i nenes que jugaven i corrien, vigilats per les seves mares amb l'ai al cor, però van triar l'únic racó on un arbre molt espès feia ombra a un banc solitari. Van instal·lar-s'hi i van preguntar-me si volia seure. Vaig dir que m'estimava més quedar-me dret. Fa temps que tinc comprovat que penso millor com més amunt tinc el cap. Segur que això està relacionat amb les neurones i l'oxigen.

La Wang i la Ling van obrir al mateix temps les seves motxilles i en van treure uns papers molt llargs, enrotllats. Quan van desplegar-los vaig adonar-me que estaven escrits amb unes lletres remenudes.

La Wang va preguntar a la Ling (o potser va ser a l'inrevés):

–Comences tu o començo jo?

I la Ling va contestar a la Wang (o tot al contrari):

–Comença tu.

Llavors, la primera que havia parlat va començar a llegir aquell full interminable. Vaig sentir-me com en un examen (dels difícils).

–La teva mare ronca?

–No.

–Fuma en pipa?

–No!

–Té pèls als peus?

–És clar que no! Quina mena de preguntes són aques...?

–Veu la tele?

–De vegades.

–Sap multiplicar?

–Sí, és clar. Sap la taula del dotze i tot!

–Canta quan es dutxa?

–Mai l'he sentida cantar, però quan era...

–Diu paraulotes?

–Mai.

–Es renta el melic?

–Em penso que sí, perquè és molt neta.

–T'ajuda a fer els deures?

–Sí. Massa i tot, de vegades.

–Li agraden els gats?

M'ho vaig rumiar un moment. La veritat és que no en tenia ni idea. Mai no havíem tingut gat. Però ella de vegades explica contes de gats.

–No ho sé –vaig contestar.

La Wang (o la Ling) va aixecar la mirada del paper i em va mirar, seriosa com un inspector de policia amb mal de panxa.

–Posa-hi un interrogant –va dir la seva germana, assenyalant la pregunta que havia quedat sense resposta.

Ho van fer de mal grat, com si no aclarir aquell dubte de gats fos una cosa que no podien permetre's.

–Ja continuo jo –va dir la Ling (o potser era la Wang), mirant el paper i reprenent l'interrogatori–: la teva mare sap conduir?

–Sí, però no condueix.

Allò les va aturar una mica. Van aixecar els caps dels papers, amb la mateixa arruga d'inquietud marcada entre les celles, i van preguntar al mateix temps:

–I per què no?

–Perquè el cotxe el necessita el pare. Ella va en bicicleta.

La Ling (o la Wang) va retornar sense dir res a la llista de preguntes.

–Sap cuinar coses dolces?

–Quina mena de coses dolces?

–Només pots contestar sí o no.

–Sí.

–Quina mena de coses dolces?

–Pastís de xocolata, mousse de iogurt, flams, batuts de fruita amb llet, crema cremada...

–Molt bé, ja n'hi ha prou. Es posa el dit al nas?

–És clar que no!

–Compra pizzes congelades?

–No.

–Lluç congelat?

–Tampoc.

–Patates fregides congelades?

–Mai no compra congelats.

Van saltar-se unes quinze preguntes (o això em va semblar).

–Fa bona olor?

–Sí.

–Parla molt o poc?

–No heu dit que només podia dir que sí o que no? –vaig contraatacar.

Van esbufegar.

–Parla poc?

–No.

–Llavors parla molt.

–Sí.

–Crida?

–Quan es crema a la cuina.

–Es renta les dents?

–Dues vegades al dia, almenys.

–Et deixa que vagis a festes d'aniversari?

–Sí.

–I ella és de les que hi van amb tu?

–Només si són en diumenge...

I així vam continuar durant una bona estona. No sé quantes preguntes em van fer, però van ser tantes que potser vaig equivocar-me en alguna resposta. No es pot estar concentrat tanta estona! Una sola vegada vaig mirar

d'enllestir demanant si faltava gaire, però totes dues van fer alhora:

–Ja acabem, tranquil.

Una bona estona més tard es van mirar, van estudiar cadascuna els papers de l'altra, van fer que sí amb el cap al mateix temps i una d'elles va dir:

–Ens interessa la teva mare. Per cert, com es diu?

–Montse.

–Montse? Què vol dir?

Vaig arronsar-me d'espatlles. Montse vol dir Montse.

–Nosaltres li direm Guo Meng Kuan, si no et fa res.

–No, no –vaig afanyar-me a respondre–, tot i que és una mica estrany. La vostra com es diu?

–La nostra mare es diu Tan Kun Lang. Vol dir «Brillantor de la Terra». Potser t'agradarà més dir-li Brillantor, a seques.

–Brillantor? Això també és una mica estrany. Senyora Brillantor... –vaig murmurar.

Van enrotllar els seus fulls de paper, van plegar els braços i em van mirar totes dues molt serioses (com havien estat tota l'estona, per cert) fins que la Wang (o potser era la Ling) va dir:

–Ara et toca a tu. Pregunta'ns el que vulguis saber de la nostra mare i de la nostra tia.

Estava tan cansat de preguntes i respostes que no se m'acudia gran cosa. M'havia quedat en blanc. Quina novetat, oi?

–Són guapes? –vaig fer.

Una de les dues es va treure una carpeta de la motxilla i me la va donar. La vaig obrir, molt intrigat. Hi havia fotografies. A totes s'hi podia veure un parell de senyores xineses, sempre somrients i sempre de bracet. També eren idèntiques i també anaven vestides igual, com la Wang i la Ling.

–Com us ho feu per saber qui és qui?

–De cap manera. S'assemblen tant que no cal distingir-les.

–És com tenir dues mares –va dir l'altra.

–No sé si m'agradarà tenir dues mares –vaig xiuxiuejar.

–Això ho dius perquè vius amb la teva mare. Però la senyora Brillantor i la seva germana viuen a la Xina. No hi fa res si són dues o dotze. Pensa que no les veuràs mai.

–I si em cau un botó? –vaig preguntar.

Se'm van quedar mirant, molt intrigades, com si no entenguessin què els deia.

–Jo no sé cosir –vaig explicar–. Què faré si necessito que la meva mare, o la vostra, em cusi un botó?

Per un instant em penso que vaig aconseguir desconcertar-les. Després, una d'elles va aixecar un dit, com si acabés de tenir una idea brillant, i em va dir:

–Doncs l'hi envies a la Xina! –va fer.

Ben mirat, era una possibilitat. Potser n'havia de parlar amb el pare, a veure què n'opinava, dels meus negocis. Al Cigró tant era preguntar-l'hi o no perquè no sabia parlar.

–Està bé. Hi pensaré seriosament aquesta nit i demà us donaré una resposta –vaig dir, talment com si fos un home de negocis experimentat.

Van marxar molt juntes i de bracet. No semblaven pas gaire contentes, però hauria jurat que tampoc no estaven disgustades.

Mentre retornava a la llibreria i buscava alguna cosa convincent que pogués explicar a la mare, no deixava de pensar que per fi podria ser com la Nora.

Podria fer el que em donés la gana.

En aquell moment vaig notar que em queien una mica els pantalons. Quan vaig anar per pujar-me'ls vaig adonar-me que m'havia caigut un botó. Un de molt important.

El que fa que els pantalons s'aguantin al seu lloc.

RIALLES NERVIOSES I ALGUNA SORPRESA

MENTRE LA MARE em cosia el botó, vaig escriure l'esborrany d'una carta per a la senyora Brillantor. No tenia el seu correu electrònic però vaig pensar que si havia de ser el seu fill en la distància, estaria bé acostumar-me a escriure-li:

Estimada senyora Brillantor:
Sóc el seu nou fill. Em dic Òscar, però si s'estima més dir-me d'una altra manera, no em fa res. L'únic que vull és que no em digui el que he de menjar ni quines pel·lícules he de veure. Que no m'obligui a fer deures ni em prohibeixi fer servir l'ordinador ni m'obligui a menjar verdura. La resta, si fa no fa, m'és igual. Espero que ens entenguem i que tingui traça a cosir botons.
Salutacions a la seva germana, la meva nova tia.
Òscar

Vaig buscar la Nora al canal de conversa automàtica, però no la vaig trobar. Li vaig telefonar, però tenia el mòbil desconnectat i en el fix saltava tota l'estona el contestador. Ho vaig intentar unes sis o set vegades. A la vuitena vaig començar a preocupar-me de debò.

En aquell moment em va cridar la mare per sopar. Al plat hi havia patata bullida amb bledes i una truita a la francesa.

–No vull menjar això, per sopar –vaig dir. Vull un entrepà.

La mare (que potser ho deixaria de ser ben aviat) em va mirar de dalt a baix. Tenia el Cigró a coll. El pare encara no havia arribat de treballar.

–Com dius? –S'havia quedat molt parada abans de fer la pregunta.

–El vull de salsitxa, amb doble de formatge i molt de quètxup, en un panet d'aquells tous que compres al supermercat. Ah, i una taronjada. I me'l vull preparar tot sol, sense que m'ajudis! I menjar-me'l al sofà, mirant la tele!

Aleshores, a la mare li va passar una cosa molt curiosa: va esclatar a riure. Molt fort, com mai no ho havia fet abans (que jo sàpiga). Va començar deixant anar una riallada d'aquelles tan fortes que semblen una explosió. I després en va venir una altra, i una altra més. De sobte li va faltar l'aire i es va haver d'asseure. El Cigró era a la seva falda i no sabia cap on mirar. Va començar a plorar, perquè el pobre és tan petit que encara no sap que riure no és dolent, encara que faci tant de xivarri. La mare se'n va adonar i va començar a riure més encara. Era com si li hagués agafat un atac. Va riure i riure i riure. Tant, que tenia els ulls plens de llàgrimes. Va haver de treure un mocador i mocar-se. I llavors encara li van venir més ganes de riure. Quan per fi va aconseguir dir quatre paraules seguides, sense esclatar a riure de nou, va fer:

–Sí, fill, sí. Ha quedat claríssim. Endavant, fes-te el sopar.

I se'n va anar al menjador per donar el pit al Cigró.

Va ser tot tan estrany que ni vaig tenir temps de parlar-li de la Wang i la Ling ni de preguntar-li què li semblaria tenir dues filles bessones, xineses i aficionades a fer llistes.

–Tenim una sorpresa per a tu –va dir la mare, molt misteriosa, així que va arribar el pare.

Semblaven nerviosos. Per un moment em va venir un atac de pànic: més o menys, aquella era la cara que feien el dia que em van comunicar que tindria un germanet. De sobte vaig témer que m'anunciessin una invasió de Cigrons. Però no. Es van estimar més fer-se els misteriosos una bona estona:

–No caldrà que esperis gaire. Deu estar a punt d'arribar.

A tres quarts de deu va sonar el timbre de l'intèrfon. Era molt estrany que encara no m'haguessin enviat a dormir. Realment, el que passava havia de ser molt important. Vam esperar al rebedor com un exèrcit en formació. Hauria jurat que la mare també estava una mica nerviosa, però potser eren imaginacions meves. Quan van trucar a la porta, el pare es va afanyar a obrir. Era la Nora, acompanyada d'una senyora que no havia vist mai. De seguida em vaig adonar que la meva amiga portava una maleta i una mena de presó de plàstic on viatjava la seva gata.

–La Nora es quedarà amb nosaltres una temporadeta –va anunciar la mare, amb un somriure als llavis–. Que estàs content?

Vaig tenir una mena de col·lapse neuronal. No sabia què pensar ni què dir. A més, no entenia res. Em sentia com es deu sentir el Cigró quan li diem aquella colla de beneiteries.

No ho vaig entendre fins que la Nora m'ho va explicar, a poc a poc, una estona més tard.

–S'anomena acollida. Estaré amb vosaltres fins que el meu pare deixi de viatjar tant i es pugui fer càrrec de mi. Ho han arreglat els psicòlegs de l'escola i uns altres que no coneixia, però la teva mare va ser qui es va oferir a acollir-me.

Llavors vaig sentir una cosa que no havia sentit mai. Em vaig sentir orgullós de la meva mare. Va ser una mica desagradable, suposo que per la falta de costum.

La Nora es va instal·lar a l'habitació de la planxa, que des d'aquell dia es va convertir en

l'habitació dels convidats. La mare va decidir que de moment dormiria al sofà llit, i el pare va dir que aquella mateixa setmana comprarien un dormitori com Déu mana. Un cop més em va costar molt adormir-me, perquè imaginar que la Nora era allà, just darrere la paret de la meva habitació, em feia sentir un pessigolleig anguniós a l'estómac. Crec que era l'emoció.

–Demà desfarem la maleta –va dir la meva mare–. De moment treu aquest pobre animaló de la caixa i dona-li alguna cosa per sopar. Demà serà un altre dia.

«Demà serà un altre dia» és una altra d'aquelles frases que a la mare li agrada repetir, tot i que en realitat és una ximpleria tan gran que mereixeria aparèixer al concurs del pare de la Nora.

Qualsevol dia començaré una altra llista anomenada *Frases absurdes que diu la mare*, però m'esperaré una temporadeta.

ABANS D'ACABAR, S'HAN D'EXPLICAR UNES QUANTES COSES

LA GATA DE LA NORA va adaptar-se prou bé a la seva nova casa i a la seva nova família. Només arribar va fregar-se una mica amb les cames del pare, va fer una becaina curta sobre la falda de la mare i es va mirar el Cigró durant molta estona, com si pensés què era millor: menjar-se'l o ignorar-lo. Finalment va triar la segona opció. Li vam posar una manta a l'habitació de la Nora, perquè dormís a prop de la seva mestressa i no se sentís estranya.

Però als gats els costa estar-se quiets en un mateix lloc i mai no dormen a les nits. Així que la gata de la Nora va decidir sortir a fer un tomb i va acabar al meu llit. I jo, que tampoc no podia dormir i només feia que pre-

guntar-me quan s'acabarien aquelles pessigolles a la panxa, de sobte vaig adonar-me que tenia com una mena d'escalfor estranya sobre els peus.

M'encanten els animals. Vaig encendre el llum de la tauleta de nit i vaig fer un gest a la gata perquè s'estirés al meu costat, una mica més amunt. L'animaló em va entendre i de seguida va fer-me cas. Roncava una mica i feia molt bona olor. Vaig passar-me una bona estona acariciant-li el llom. Em penso que jo també vaig roncar una mica, com ella, però va ser de l'alegria que em feia tenir-la d'amiga. Llavors vaig adonar-me que portava un collar. Un de vermell una mica gastat. Li quedava tan amagat dins del pèl llarg que fins llavors no l'havia vist.

Vaig fixar-m'hi bé. Tenia una placa, una mena de medalla. I al mig hi havia una paraula: *Baraka.*

Si els meus pensaments haguessin sonat com una màquina, aquella nit no hauria deixat dormir ningú.

Al matí vaig preguntar a la Nora:

–Què vol dir *Baraka*?

–És «sort» en algun idioma estrany –va dir.

–La teva gata du un collaret amb aquest nom.

–Crec que la meva mare li deia així. Per això jo m'estimo més dir-li d'una altra manera.

Ens vam quedar mirant sense dir ni un mot. Crec que tots dos vam entendre moltes coses. La Nora semblava una mica incòmoda. La conec molt bé: diria que pensava el mateix que jo.

Va arronsar-se d'espatlles, va abaixar els ulls i no va dir res.

Aquella tarda, en tornar de l'escola, la vaig ajudar a desfer l'equipatge. Vam anar col·locant la roba a les prestatgeries de l'armari. Jo l'hi donava i ella la doblegava, perquè hi té molta més traça que jo.

Ja gairebé havíem enllestit quan d'una butxaca de dins de la maleta va caure una foto. La vaig collir i en veure-la em vaig quedar com congelat de la sorpresa. Era un noi pèl-roig, corpulent, amb la cara tota plena de pigues. El vaig conèixer de seguida, sense necessitat de mirar-me'l gaire. Era l'Ombra Negra. Aquella va ser la pista definitiva, la que em calia per acabar de lligar tots els caps.

–Potser hauríem de parlar-ne –vaig dir a la Nora.

–Potser sí.

I en vam parlar.

De sobte vaig veure moltes coses clares. D'alguna manera, ja les havia vistes abans que ella me les digués. Però va ser fantàstic que m'ho expliqués tot, sense deixar-se ni un detall.

–El noi pèl-roig és un cosí meu –va dir la Nora–. Li vaig demanar que fes veure que era l'Ombra Negra, i ell s'ho va prendre molt seriosament, perquè vol ser actor.

–I la Baraka també eres tu, és clar... És el nom de la teva gata...

Va abaixar els ulls, una mica avergonyida, i va fer que sí amb el cap abans d'afegir:

–Tenia la gata asseguda a la falda i va ser la primera paraula que em va venir al cap mentre contestava l'anunci.

–I les germanes Wang i Ling?

–D'aquestes no en sé res! De fet, si m'ho haguessis consultat no t'hi hauria deixat anar tot sol. Jo les hauria sabut tractar!

La Nora i jo mai no ens enfadem. És la nostra norma: val més entendre's que barallar-se. Tot i que de vegades no és gens fàcil i demana una mica d'esforç per part nostra.

–Em semblava tan fantàstic tenir una mare que et faci el berenar, t'expliqui contes i et faci petons abans d'anar a dormir...! –va murmurar.

Jo encara pensava què podia dir-li quan la Nora va parlar un altre cop:

–M'alegro molt que hagis fracassat en el món dels negocis, Òscar.

Ara sí que vaig saber què dir-li. Em va sortir sense pensar-m'hi gens:

–I jo m'alegro que siguis aquí.

Per cert... Un dia després que arribés la Nora, vaig tornar a entrar a la pàgina d'internet on havíem posat l'anunci. No ho havia fet des d'aquell dissabte en què vaig convertir-me en un home de negocis.

Vaig buscar entre els anuncis de la meva zona i del meu grup d'edat fins que vaig trobar el meu, que no hauria pogut pas redactar sense l'ajuda (i l'interès) de la meva amiga Nora. Se'm va fer estrany llegir-lo de nou:

El teu anunci:

Què vens?	Em venc la mare.
Com és?	Té trenta-vuit anys, els cabells de color marró fosc. No és gaire alta (però baixeta tampoc), té els ulls de color de mel, és força maca. Els canelons li surten molt bons. També sap fer pizza de quatre formatges i creps de sobrassada. Li agrada anar als parcs d'atraccions. És molt afectuosa i té la veu agradable. Sap un munt de contes. Renya poc.

Quina cosa més estranya! Era com si no l'hagués escrit jo.

Sense rumiar-m'ho ni un segon, vaig pitjar el botó «Esborrar». Dues vegades.

De seguida va aparèixer un text al mig de la pantalla que deia:

> **Enhorabona!!!**
>
> El teu anunci **«Em venc la mare»** s'acaba d'esborrar de la pàgina **«Comprar i vendre qualsevol cosa, útil o no»**.
>
> Esperem que tornis a visitar-nos ben aviat!

Abans de sortir per sempre d'aquella pàgina, vaig voler tafanejar una mica. Vaig entrar a la secció de telèfons mòbils, de patinets platejats amb motor i de videoconsoles. També vaig fer un cop d'ull a la de mascotes. Ja me n'anava quan vaig veure un apartat que es deia «Altres». Hi vaig entrar.

Només hi havia un anunci. L'havia posat algú que es feia dir Maredril. Mai no havia sentit aquell nom, però em va fer la impressió que no m'era gens estrany. Vaig prémer el botó «Llegir aquest anunci». Llavors va obrir-se una finestreta i vaig topar de morros... amb la meva cara! Sí, sí, era la meva fotografia.

No m'ho podia creure! La foto era horrorosa: era la de quan vaig acabar primer. Estava lleig i semblava més petit i més avorrit del que soc realment. Però el pitjor no era la foto, sinó el que vaig llegir després.

L'anunci deia:

El teu anunci:

Què vens?	Em venc un fill.
Com és?	Té nou anys i mig, és molt guapo, intel·ligent (tot i que una mica gandul), un pèl rondinaire, gairebé sempre està de morros i gairebé mai no ajuda en les feines de casa. Odia la lectura amb totes les seves forces. El seu plat preferit és la pizza de quatre formatges. No li agrada gens anar a dormir d'hora.

Podia haver-me enfadat, però va passar tot el contrari.

Vaig somriure.

La mare m'havia descrit perfectament! Ni tan sols s'havia oblidat d'allò d'anar a dormir d'hora, que em fa tanta malícia, i jo que em pensava que no ho sabia!

De sobte, ho vaig entendre tot. Vaig pensar que ningú no és perfecte. Ni tan sols les mares. Ni les millors amigues. I que estimar una persona vol dir saber veure en ella allò que té d'especial.

Em penso que aquell dia vaig començar a fer-me més gran.